La finestra dei sogni

Translated to Italian from the English version of

The Window of Dreams

Mansi Paul Chowdhuri

Ukiyoto Publishing

All global publishing rights are held by

Ukiyoto Publishing

Published in 2024

Content Copyright © Mansi Paul Chowdhury

ISBN 9789361729195

All rights reserved.

No part of this publication may be reproduced, transmitted, or stored in a retrieval system, in any form by any means, electronic, mechanical, photocopying, recording or otherwise, without the prior permission of the publisher.

The moral rights of the author have been asserted.

This is a work of fiction. Names, characters, businesses, places, events, locales, and incidents are either the products of the author's imagination or used in a fictitious manner. Any resemblance to actual persons, living or dead, or actual events is purely coincidental.

This book is sold subject to the condition that it shall not by way of trade or otherwise, be lent, resold, hired out or otherwise circulated, without the publisher's prior consent, in any form of binding or cover other than that in which it is published.

www.ukiyoto.com

PREFAZIONE

Questo libro è stato scritto per i miei figli Aarav e Ahaan, che mi ricordano ogni giorno il potere dell'innocenza e dei sogni. Sono sempre stata una sognatrice e i sogni significano molto per me. Con questo libro voglio dire ai bambini di tutto il mondo di non dimenticare mai di sognare. I sogni sono ciò che fa una persona. Sognate in grande e lavorate sodo per realizzare i vostri sogni. Le paure cercheranno di abbattervi, ma alla fine ciò che conta è superare le vostre paure. Una vita vissuta nella paura non significa nulla. Il vero significato della vita è vivere senza paura e il libro La finestra dei sogni cerca di insegnare lo stesso.

RICONOSCIMENTI

Vorrei ringraziare la piattaforma The Little Booktique Hub per aver ispirato gli autori esordienti come me a scrivere e pubblicare qualcosa. Sono anche in debito con i miei genitori che mi hanno insegnato a sognare in grande, credendo in me stessa e dicendomi che nulla è impossibile. Se possiamo sognarlo, possiamo realizzarlo. Mio marito e i miei figli sono sempre stati il mio sistema di sostegno e mi sento fortunata ad averli nella mia vita.

SULL'AUTORE

Mansi Paul Chowdhury vive a Kolkata, in India. Cresciuta a Muzaffarnagar, nell'Uttar Pradesh, Mansi è stata esposta al mondo dei libri e delle storie fin da piccola. Ha iniziato a scrivere a soli 13 anni. Nel corso degli anni ha scritto diverse poesie e racconti. La finestra dei sogni è il suo primo tentativo di pubblicare ciò che scrive. Scrive soprattutto per i giovani lettori, perché crede nell'innocenza dei loro cuori.

"Tutti i nostri sogni possono diventare realtà, se abbiamo il coraggio di perseguirli."

- Walt Disney

Contents

LA FINESTRA	1
ARRIVO	4
LA TERRA DI HALUM	9
INCONTRO CON LA REGINA	15
LA MALATTIA	18
IL SOGNO DI SOMMANO	21
MADAM FA LIA	24
IDENTIFICARE IL NEMICO INTERNO	28
FORESTA IN FIAMME	32
UNA SCOPERTA	36
L'ORACOLO	40
VIAGGIARE IN UNA TERRA LONTANA	43
LA DESTINAZIONE FINALE	49
RIPRISTINARE L'EQUILIBRIO	55

About the Author **Error! Bookmark not defined.**

LA FINESTRA

Suman si svegliò di soprassalto nel cuore della notte. Era una bambina di otto anni, un po' bassa per le bambine della sua età, e anche magra. Aveva un atteggiamento timido, si spaventava facilmente, si preoccupava e di solito era silenziosa. Per lo stesso motivo, non aveva nemmeno molti amici. Era la prima figlia dei suoi genitori e, da quando era nato il fratello minore, dormiva in una stanza separata con la nonna, poiché il letto della camera dei genitori non poteva ospitare tutti e quattro. La povera vecchia nonna di solito soffriva di perdita dell'udito e, a volte, russava così forte di notte che il suo russare svegliava Suman dal sonno. Suman amava sognare. Ogni notte faceva quattro o cinque sogni e li ricordava tutti. Alcuni erano pieni di avventure. In altri, invece, fluttuava nel cielo o nuotava nel fiume con le fate. I sogni erano il suo modo di combattere la solitudine nella vita reale. Nei suoi sogni era sempre circondata da amici che la adoravano.

Ma oggi era diverso. Aveva fatto un sogno spaventoso, pieno di fantasmi bianchi che la inseguivano giù dalla rupe di una montagna. Ultimamente Suman faceva spesso sogni di questo tipo. Mentre gli altri giorni i fantasmi non sembravano così spaventosi, oggi era un sogno eccezionalmente strano che costringeva Suman a rimanere sveglia. Guardò a lungo le ombre dei fantasmi sulla parete. Dopo un po', quando le ombre sul muro cambiarono disegno, Suman si alzò, inquieta. Andò a sedersi vicino alla finestra, guardando il buio, il nero cielo notturno e tutte le stelle scintillanti lontane. Le piaceva guardare il mondo del sonno, dove tutto era immobile e silenzioso. Era come un rifugio sicuro per lei.

Mentre guardava fuori, Suman improvvisamente strinse gli occhi concentrandosi su qualcosa là fuori! Quello che vedeva era incredibile! Stava forse sognando da sveglia? O si era addormentata seduta accanto alla finestra? C'era una finestra che fluttuava nel cielo! Non c'era nessuna stanza, nessuno intorno: solo una finestra con la luce dietro i vetri che brillava. All'inizio Suman si sentì spaventata. Cosa poteva essere questa finestra magica? Come mai non c'era nessuna stanza o casa intorno? E se ci fossero stati dei fantasmi all'interno? E se fosse ancora in un sogno? Ma mentre guardava, la finestra sembrava sicura. Non c'era alcun movimento dietro la finestra e la finestra non si muoveva, rimanendo seduta dov'era. A poco a poco, anche Suman si calmò e il battito cardiaco tornò alla normalità. Dopo quella che sembrò un'eternità, la finestra cominciò a muoversi. A Suman sembrò che la finestra si stesse avvicinando a lei. Un po' alla volta, come se anche la finestra avesse paura di Suman, la finestra si avvicinò. Dopo qualche tempo, la finestra arrivò a portata di mano di Suman.

Per la prima volta, Suman notò che il davanzale era blu. I vetri erano di colore bianco sporco e arancione, traslucidi. Al centro della finestra c'erano due maniglie. Ogni maniglia era unica. Mentre quella di sinistra recava incisa l'immagine di un leone, quella di destra aveva l'immagine di un'aquila. La finestra sembrava troppo invitante per non essere aperta. Era come se la finestra stessa volesse che Suman la aprisse. Suman guardava, decisamente spaventata e confusa, e quindi riluttante ad aprire la finestra.

Come se istintivamente sapesse che le era permesso aprire solo un vetro della finestra. La scelta era sua: quale scegliere, il leone o l'aquila? Suman si sentì attratta dal leone e la sua mano si avvicinò al vetro di sinistra, quello con il leone. Quando toccò il leone, sentì un'ondata di energia dentro di sé, come se il leone sulla maniglia le stesse trasmettendo la sua energia. Proprio nel momento in cui Suman sentiva di poter fare qualsiasi cosa al mondo, fu colta da un'improvvisa sonnolenza e si addormentò.

ARRIVO

Quando si svegliò, non sapeva cosa stesse succedendo intorno a lei. C'era una specie di frenesia con la gente intorno. Alzò lo sguardo e non vide nessuno che conosceva. Erano tutti estranei che correvano in giro, anzi, erano tutti molto strani! Erano persone basse, alte circa un metro, pallide, con i capelli rosa e gli occhi verdi. La cosa strana è che queste persone non avevano né naso né orecchie! "Come fanno a respirare?", pensò Suman, sentendosi soffocare al pensiero di non avere il naso. "E come ho fatto a finire in questo posto?". Suman si sentiva sempre più spaventato! "Mamma! Vieni a prendermi! Ho paura!!!" urlava. Sorprendentemente, non le uscì alcuna voce. Era come se fosse stata ammutolita. Questo ha spaventato molto Suman e ha fatto correre la sua mente.

Erano tante le domande che le frullavano nel cervello. Cercò di ricordare quello che era successo prima di addormentarsi e si ricordò della misteriosa finestra e della sua maniglia intagliata a forma di leone che aveva toccato prima di addormentarsi. Dove era arrivata? Era stata rapita dagli alieni? Non rivedrà mai più i suoi genitori? Verrà torturata? Proprio mentre stava per gridare ad alta voce, qualcuno o qualcosa le toccò la spalla. Balzò in piedi spaventata e si voltò a guardare chi o cosa fosse.

Era una delle persone più piccole, dai capelli rosa e senza orecchie e naso, che la stava punzecchiando. La persona le stava dicendo qualcosa, ma senza muovere le labbra. Era come se la persona fosse nella testa di Suman e le dicesse qualcosa. Ma essendo lei stessa così perplessa, Suman riusciva a malapena a capire cosa le venisse detto. Suman capì subito che le stavano parlando telepaticamente e organizzò i suoi pensieri per ascoltare ciò che le veniva detto. La persona stava dicendo: "... Moik. Sono qui come tua guida. Sei atterrato nella città galleggiante di Halum". Suman pensò che quello che la persona aveva appena detto fosse il suo nome.

Moik si fermò un po', come se avesse osservato le espressioni sul volto di Suman. Era evidente che Suman era sul punto di piangere, così aggiunse: "Non c'è nulla da temere qui nella terra di Halum. Siamo tutte persone che amano la pace e ogni volta che un visitatore occasionale sbarca nella nostra città, ci prendiamo cura di lui prima di assicurargli un ritorno sicuro da dove è venuto. A volte, chiamiamo delle persone quando c'è bisogno del loro aiuto. Lei è una di queste persone".

"Noi, nella terra di Halum, abbiamo bisogno del tuo aiuto, Suman. Per questo sei stato chiamato nella nostra città. Alzati e seguimi dalla nostra regina, la Chikala. Lei ti sta aspettando con ansia".

LA FATA DELLE FARFALLE

Dopo alcuni minuti, Suman e Moik giunsero in un grande prato con distese d'erba piene di piccoli fiori di tutti i colori dell'arcobaleno. Tutti questi fiori erano circondati da farfalle che danzavano. Moik chiarì: "Le farfalle che vedete danzare sono le fate della nostra terra. Fanno in modo che nessuno ad Halum sia triste o inquieto. Inoltre, esaudiscono i desideri di tutte le persone buone, quando è necessario. Queste fate sono la nostra benedizione", disse Moik sorridendo con orgoglio. Proprio quando iniziarono a camminare verso questo prato, una fata farfalla gialla e luminosa arrivò proprio davanti a loro e sbatté rapidamente le ali. Improvvisamente una voce parlò nella testa di Suman: "Benvenuto ad Halum, caro Suman. Il mio nome è Ambra. Sono la regina di tutte le fate farfalla qui presenti. Hai un cuore puro e una mente giusta. Sono sicura che sarai in grado di aiutare Halum a risolvere il pasticcio. La regina Chikala sta aspettando il tuo arrivo. Correte. Non indugiare!".

Suman rimase sbigottita oltre ogni dire, perché non si era ancora abituata al fatto che tutti in questa terra parlassero telepaticamente. Improvvisamente capì perché nessuno aveva orecchie. Non ce n'era bisogno! Tutto ciò che doveva essere detto o ascoltato veniva fatto attraverso la mente. Tutto era trasparente nella terra di Halum. Nessuno poteva avere segreti. Nessuno poteva nutrire sentimenti negativi. Nessuno poteva avere dubbi. Non c'erano finzioni. Tutto ciò che c'era qui, era semplicemente così com'era. Forse è per questo che le persone qui erano felici. Ma come faceva Suman a sapere che le persone qui nella terra di Halum erano felici? Lo sapeva e basta! Quasi telepaticamente, si sentiva connessa a tutti gli Halum di questa terra. Poteva sentire tutti i loro sentimenti e ascoltare tutti i loro pensieri. Sembrava una festa di chiacchiere eccitate nella sua mente. Era sconcertante, ma era anche come se finalmente avesse gli amici che desiderava.

La terra di Halum sembrava un luogo incantato, di quelli che si leggono solo nelle favole o nei sogni. Con fontane d'acqua fresca che scorrevano lungo i prati in ruscelli morbidi e carezzevoli; uccelli di ogni dimensione e colore che volavano in pace; arbusti e fiori di ogni tipo che sbocciavano in una gloria imponente. Tutto questo con il sole che splende allegramente - né troppo caldo, né troppo freddo, solo la quantità perfetta di calore! Il sole non tramontava mai nella terra di Halum. Ogni volta che le persone erano stanche, si sdraiavano e dormivano. Non avevano bisogno del buio per riposare. Non c'era nessun posto sulla Terra come questo. Questo era il paradiso assoluto, la terra dei sogni!!!

Suman si sentiva irrealmente in pace, una sensazione a cui non era abituata. Si sentiva potente. Moik e Suman attraversarono il prato, attraversarono i ruscelli che scorrevano e si imbatterono in un ponte fatto di radici. Suman aveva sentito parlare di ponti di radici anche sulla Terra, non troppo lontano da dove viveva in India. Tuttavia, quello di qui era maestoso. Era solido e robusto, alto come un albero stesso, con barre laterali e ringhiere per garantire la sicurezza delle persone che lo attraversavano. Oltre il ponte, si potevano vedere gli imponenti minareti del castello.

Mentre Suman camminava sul ponte, il suo piede si impigliò improvvisamente in una delle radici. Le radici, come per magia, si sollevarono e afferrarono Suman a metà della sua caduta, salvandola da qualsiasi ferita. Frastornata e sconcertata, Suman si alzò in piedi incredula. Il ponte di radici era vivo! Suman non aveva mai pensato che una terra come Halum, con le sue meraviglie magiche, potesse esistere in questo mondo. Eppure, eccola qui, a viverla. Moik, comprendendo la meraviglia che Suman provava in quel momento, la lasciò riposare per un po'. Suman si godette la vista e la bellezza che la circondava. Tuttavia, la Regina stava aspettando. Era ora di andare avanti.

LA TERRA DI HALUM

Moik prese il comando e iniziò a camminare in testa. Suman iniziò a seguirla. Suman non aveva mai sentito parlare di un luogo chiamato Halum. "Dove esiste questa terra? Chi sono queste persone? Perché sono stato chiamato qui? Come posso aiutarli?" Suman si chiedeva seguendo Moik. Poiché Moik poteva ascoltare ciò che accadeva nella sua mente, iniziò a parlare: "La nostra terra di Halum è una città fluttuante. Abbiamo incantato la nostra città in modo tale che nessuno possa vedere la nostra terra o noi. Solo quando vogliamo che qualcuno entri nella nostra città, quando è necessario il suo aiuto, apriamo un portale e lo facciamo entrare. È così che avete visto quella finestra fluttuante e siete entrati nella nostra terra. Siamo in una dimensione diversa dalla Terra, ma abbiamo i mezzi per aprire portali ovunque vogliamo. La nostra terra è presente da migliaia di anni. Molte persone sulla Terra hanno menzionato la nostra terra nelle loro storie. Ma la maggior parte delle persone le considera solo favole. Ma non possiamo lamentarci. Meno persone conoscono la nostra terra, meglio è. Ci aiuta a conservare la nostra cultura e a non subire minacce da parte degli umani".

Suman pensò con un po' di rabbia, come se fosse offesa dalle insinuazioni di Moik contro gli umani: "Se gli umani sono una tale minaccia, perché chiedere aiuto a noi?". Tuttavia, proprio come l'ultima volta, anche questa volta Moik riuscì a sentire i suoi pensieri. "Mi dispiace se ti ho offeso. Non era mia intenzione. È solo che abbiamo visto gli esseri umani distruggere la natura sulla Terra e fare molto male agli altri esseri viventi, per cui siamo diffidenti nei confronti di un riconoscimento di massa della nostra terra. Tuttavia, questo non significa che tutti gli esseri umani siano cattivi. Noi, Halumiani, siamo dotati di grande intuito e possiamo capire, semplicemente sintonizzandoci sui pensieri di una persona, se questa sarà una minaccia per noi o meno. Solo le persone più meritevoli e genuine sono ammesse nella terra di Halum. Il fatto stesso che tu sia stato invitato nella nostra terra come nostro ospite significa che hai una morale come nessun altro sulla Terra".

Suman si calmò un po', comprendendo istintivamente che queste persone non intendevano fare del male agli esseri umani o alla Terra. Stavano semplicemente cercando di preservare e conservare se stessi e la loro terra. Ora concentrò le sue energie per osservare l'ambiente circostante. Questo luogo, Halum, assomigliava molto alle giungle descritte in quelle vecchie favole. Alberi enormi e alti nella foresta, tutti carichi di frutti deliziosi, animali che correvano liberamente, incuranti di tutte le persone che camminavano, uccelli che cinguettavano, volavano e cantavano. Camminarono per dieci minuti o poco più, poiché Suman non aveva un orologio e, anche se lo aveva, non sapeva leggere l'ora. Non avevano ancora raggiunto quel capitolo della scuola.

IL CASTELLO DI HALUM LAND

Suman avanzò e si trovò presto di fronte a un enorme castello circondato da bellissimi prati, con fiori esotici, arbusti e alberi carichi di frutti. Gli uccelli avevano mano libera su questi frutti e le farfalle e le api si divertivano con i deliziosi fiori. Il castello aveva enormi minareti, tre per ogni lato del cancello, che si affacciavano su un oceano di acque blu e verdi. Al centro c'era un'enorme costruzione a forma di torre con numerose finestre e prolungamenti di balconi. Alcune sembravano sospese in modo indipendente, quasi fluttuanti. Le porte e le finestre erano dorate, mentre le pareti dell'intero castello erano dipinte di blu brillante. Come in quei giorni in cui il cielo è limpido e il sole splende luminoso. Quella tonalità di blu. Il blu felice.

Moik e Suman entrarono nel castello attraverso il cancello dorato. Le sentinelle che si trovavano lì, anch'esse pallide e con i capelli rosa, lanciarono semplicemente un'occhiata verso di loro e li lasciarono entrare. Non si scambiarono alcuna parola, perché sapevano telepaticamente chi erano questi ospiti e cosa volevano dalla Regina. Inoltre, scansionando i loro cervelli, sapevano che questi ospiti non avevano alcuna intenzione di fare del male. All'interno del castello si presentava una scena del tutto nuova.

Numerose fate farfalla danzavano intorno ai soffitti, che erano pieni di fiori e di erba. Le pareti erano un tappeto di rampicanti ed erba. Bellissime cascate scorrevano liberamente ovunque potessero. Erano stati costruiti dei ponti per attraversare queste cascate e questi ruscelli. Pesci dai colori vivaci nuotavano in questi specchi d'acqua. Gli uccelli vivevano intorno alle pareti e sui piccoli alberi sempreverdi di tutte le sfumature che erano cresciuti in modo così superbo tra queste mura magiche. Dal soffitto si apriva un enorme buco e il sole splendeva di luce intensa all'interno del castello. Era un castello unico, un castello fatto dalla natura, con cose naturali. Diverse persone si aggiravano, come se fossero impegnate nel lavoro.

Moik fece cenno a Suman di salire le scale che si trovavano all'estremità sinistra della sala. Anche le scale erano fatte di radici, proprio come il ponte di radici. Le ringhiere laterali erano ricoperte di erba verde, con fiori colorati e farfalle. L'intero palazzo aveva un profumo etereo, quasi come quello di una foresta, ma più dolce grazie alle migliaia di fiori. Al primo piano c'era un'enorme sala, quasi identica a quella sottostante, con la differenza che non c'erano cascate. Le pareti erano ricoperte d'erba. Gli unici spazi in cui non c'era erba erano le finestre o i ritratti delle regine precedenti. "Solo le regine?" Si chiese Suman. "In questo posto non c'è nessun Re?".

Come se fosse un'idea, Moik rispose: "Nella terra di Halum non ci sono generi diversi. Tutte le persone sono di un solo sesso". "Allora come nascono i bambini?" chiese Suman curioso. "La maggior parte di noi sulla terra di Halum proviene dall'Albero della Vita. Ogni volta che un Halumiano muore, la sua anima torna all'Albero della Vita per rinascere. Quando la nostra creatrice, la Salum, lo ritiene opportuno, crea un nuovo corpo e vi trasmette l'anima". "Allora come si fa a decidere da quali genitori andare?". Le domande di Suman non finivano mai, proprio come il suo sconcerto per questo luogo. "La terra di Halum non ha il concetto di genitori o di famiglia. Tutti sono la famiglia di tutti. Tutti i bambini vengono cresciuti all'interno della comunità come figli di tutti. Non c'è un senso di diritto nei confronti dei bambini. Man mano che crescono, i bambini scelgono il loro lavoro e il loro stile di vita e diventano indipendenti", risponde sorridendo Moik.

Moik aveva avuto l'esperienza degli abitanti della Terra e capiva perché questo posto sembrava così irreale a tutti loro. Sulla Terra, le persone erano spesso segregate in base al sesso, alle famiglie, al colore della pelle, alla comunità, ai luoghi, alle caratteristiche fisiche, al lavoro che svolgevano e persino alle lingue che parlavano, ecc. La terra di Halum era un netto contrasto, senza alcuna segregazione delle persone. Tutti erano uguali in ogni senso. Tutti erano liberi.

INCONTRO CON LA REGINA

Un enorme portone dorato bloccava loro la strada. Due Halumiani stavano di guardia, rifiutandosi di aprire il cancello. Moik guardò verso di loro, parlando telepaticamente e dicendo loro lo scopo della loro visita. Questa era la sala dei visitatori, dove la regina incontrava tutti i visitatori del suo regno. Le due guardie si guardarono l'un l'altra e poi guardarono Suman. Una volta soddisfatti di ciò che vedevano nel suo cervello, guardarono oltre, verso il cancello. Sembrava che potessero vedere attraverso il cancello la stanza e consultare chiunque fosse seduto dietro quelle porte chiuse. Immediatamente aprirono la porta.

La stanza all'interno era insondabile. Suman non aveva mai pensato che una cosa del genere potesse esistere! Le pareti, il soffitto e il pavimento erano perennemente nuvolosi! Morbide e soffici! Caldi e freschi allo stesso tempo! Non appena Suman entrò nella stanza, sentì un'ondata di euforia che la investì. Le sembrava che la sua fantasia più sfrenata si fosse avverata e che fosse sulle nuvole, finalmente!!! Si avvicinò per toccare le nuvole. La consistenza morbida e setosa le diede il benvenuto.

Qualcuno si schiarì la gola, naturalmente nella sua mente. Qui tutto era in senso non verbale. Si guardò intorno per vedere chi fosse e improvvisamente si rese conto, con grande imbarazzo, che era venuta qui per visitare la Regina e invece si era lasciata affascinare dalle nuvole. La Regina rise, leggendo la mente di Suman. Anche Moik ridacchiò. Conoscevano l'effetto di questa stanza sulle persone provenienti dalla Terra.

La Regina era bassa, come tutti gli altri abitanti di questa terra. Indossava un semplice abito blu che si intonava al colore pallido della sua pelle e si sposava con l'ambiente naturale della stanza. Suman si sentì piuttosto sorpresa dal fatto che la regina di Halum fosse vestita in modo così semplice. Aveva sempre pensato che i re e le regine fossero sempre troppo elaborati e stravaganti nel vestire. Ma ciò che risalta immediatamente agli occhi dell'osservatore è il colore rosa dei suoi capelli. Suman non aveva mai visto nessun Halumiano esibire questo colore di capelli. "Forse è questo che l'ha resa la Regina", pensò Suman. La Regina, leggendo i suoi pensieri, rispose: "È vero, ma solo in parte. Noi Halumiani decidiamo i nostri leader in base alle qualifiche. Qualcuno che si distingua non solo fisicamente, ma anche per natura, compassione ed empatia. Qualcuno che sia saggio e sappia prendere decisioni rapide. Ma ciò che ci distingue nella scelta di una Regina è che scegliamo una Regina in grado di sognare in grande. Il processo di osservazione inizia nel momento in cui viene scelta una Regina e, durante gli anni del suo regno, viene decisa la futura Regina".

Moik ha spiegato: "Nella terra di Halum, siamo benedetti dalla possibilità di sognare. Sognare è un aspetto importante della nostra vita. Amiamo i nostri sogni e ogni notte sogniamo tutti, a volte collettivamente e a volte esclusivamente". Suman si meravigliò di quanto fosse unico questo luogo. Sulla Terra, il sogno era di solito associato solo ai bambini. Con l'avanzare dell'età, le persone perdevano la capacità di sognare, soprattutto a causa dello stress e della pressione della vita. Suman stessa amava sognare. Ed era anche molto brava a ricordarli in modo vivido.

LA MALATTIA

La regina Chikala e Moik sorrisero entrambi sentendo i pensieri di Suman. Ma prima che qualcuno potesse dire qualcosa di più, un messaggero si precipitò nella stanza e diede un messaggio alla Regina: "La montagna di Sud-Ovest è in fiamme. Tutti gli animali stanno scappando e gli uccelli hanno perso le loro case. Gli alberi e i fiori stanno morendo! Le fate farfalla stanno lavorando sodo, ma sono stanche. Dobbiamo trovare aiuto! Aiuto, o Regina!".

La Regina, che fino a quel momento era così serena e tranquilla, divenne improvvisamente seria. Chiese rapidamente al messaggero il numero di fate che lavoravano, di animali feriti o di uccelli slogati e diede istruzioni su come gestirli tutti. Spiegò le disposizioni da prendere all'interno del castello reale per tutti i dislocati. Una volta congedato il messaggero, la regina Chikala si rivolse a Suman.

"Suman, il motivo per cui ti abbiamo chiamato nella terra di Halum è che abbiamo bisogno del tuo aiuto. Come ti abbiamo detto prima, la regina viene scelta nella terra di Halum in base alla sua capacità di sognare in grande. Sognare ci aiuta a risolvere i problemi di fondo all'interno dei nostri sistemi, agendo prima che arrivi un problema e quindi mantenendo il regno al sicuro da qualsiasi problema. Tutti gli abitanti della terra di Halum possono farlo, alcuni su piccola scala, altri su grande scala. Il problema è che la nostra capacità di sognare sta lentamente diminuendo. Metà degli Halumiani ha già perso i propri sogni, mentre la restante metà sta lentamente perdendo la propria capacità. Anche io, come regina, sto affrontando dei problemi. Dove prima sognavo quattro o cinque sogni al giorno, ora ne vedo solo due o tre, e per di più vaghi o parziali. La terra di Halum non ha mai avuto disastri naturali. Eppure, eccoci qui, con un incendio boschivo sulla Montagna Sud-Ovest".

"Ma come posso aiutarvi?" chiese Suman.

"Suman, sappiamo che anche tu sei un sognatore. Vogliamo che tu rimanga qui per un po' e che sogni per noi. Solo i tuoi sogni possono guidarci a trovare una soluzione ai nostri problemi. Cos'è questa pandemia che sta compromettendo la nostra capacità di sognare? Come possiamo risolverla? Come possiamo spegnere l'incendio della foresta? Ti prego, aiutaci, Suman", esclamò la Regina.

"Mi piacerebbe aiutarti, o Regina, ma negli ultimi giorni sto affrontando anch'io problemi di sogno. Ho fatto sogni spaventosi e spesso mi ritrovo a rimanere sveglio per la paura di vederli", rispose Suman.

Moik sussurrò: "È così che è iniziato nella terra di Halum. La gente ha iniziato a fare incubi e alla fine ha smesso di sognare. Ma tu puoi aiutare Suman. Devi solo essere più coraggioso. Sii coraggiosa nell'affrontare i tuoi incubi e potrai combattere questa malattia".

A quel punto sia la Regina che Moik rimasero in silenzio. Non c'era alcun pensiero nella sua mente e tutto ciò che Suman sentiva intorno a sé era la quiete. All'improvviso si sentì di nuovo sonnolenta. Guardò verso Moik e le chiese mentalmente se poteva trovare un posto per riposare. Per Suman era difficile capire come sognare potesse aiutare Halum ad atterrare. "Dopo tutto, Suman appartiene alla Terra e non alla terra di Halum. Se nei suoi sogni ricevesse una qualsiasi guida, si tratterebbe piuttosto di problemi legati alla Terra, non alla terra di Halum!". pensò Suman.

Moik chiese il permesso alla Regina Chikala e chiese a Suman di seguirla. Mentre entrambi uscivano dall'enorme sala dei visitatori dove la regina Chikala aveva incontrato Suman e Moik, Moik spiegò a Suman: "Tu pensi che i tuoi sogni non abbiano alcuna rilevanza per la terra di Halum. Non è vero. Il fatto è che tutti noi nel mondo siamo collegati. Anche le persone che non conosciamo, in questo universo o in questa dimensione o anche gli altri, inconsapevolmente, sono tutti collegati con noi. Quindi, quando si sogna, specialmente ora tenendo consapevolmente in mente Halum, si otterranno soluzioni ai nostri problemi. Ne sono certo. La terra di Halum dipende da te ora, Suman. Per favore, non deluderci".

IL SOGNO DI SOMMANO

Moik condusse Suman nella stanza degli ospiti del castello. Come il resto del palazzo, anche la stanza degli ospiti era immersa nella natura. Le pareti erano tutte ricoperte di alberi e piante, fiori bellissimi che crescevano luminosi, farfalle e fate che danzavano insieme in allegria, agitando il ventaglio di ali, creando una leggera brezza rilassante all'interno della stanza. Anche in questo caso, una finestra lasciava entrare la luce del sole. Il letto era fatto di morbidissime nuvole, per la gioia di Suman. La stanza era così calma e tranquilla che Suman si sentì subito assonnata. Prima ancora che Moik uscisse dalla stanza, Suman si era già addormentato.

A casa, Suman aveva una bambola preferita che dormiva sempre con lei. Oggi, quando Suman si svegliò, si rese conto di essere tornata a casa sua, nella sua stanza. Era ancora notte e la finestra galleggiante non si vedeva da nessuna parte. "Stavo sognando?", si chiedeva Suman. Ma non poteva saperlo con certezza. La sua bambola, che aveva chiamato Mia, era ancora sdraiata accanto a lei. Uscì per bere un po' d'acqua. Aveva la gola secca. Si accorse che la casa era insolitamente silenziosa stasera.

Andò al frigorifero e bevve un sorso di acqua fredda. Quando tornò in camera, sobbalzò per lo spavento! Una signora, che indossava un camice bianco, stava riposando sul suo letto. La signora aveva un aspetto spaventoso, quasi un fantasma. Suman provò a gridare, ma dalla sua gola non uscì alcuna voce. La signora fantasma scoppiò in una risata inquietante. Prese Mia tra le mani e cominciò a giocherellarci. Quando Suman cercò di chiedere indietro la bambola, la signora fantasma le rivolse semplicemente uno sguardo spaventoso, facendo indietreggiare Suman. La signora fantasma disse con voce strana che questa stanza ora apparteneva a lei e che Suman doveva andarsene al più presto, altrimenti la signora fantasma l'avrebbe uccisa. Suman, spaventata da tutto, soprattutto dalla morte, scappò via velocemente. Cercava di cercare la stanza dei suoi genitori, ma per la paura continuava a correre in tondo. Sudata e con il cuore che correva più veloce di una macchina da corsa, Suman saltò improvvisamente in piedi, con un urlo che le sfuggì dalla bocca.

All'improvviso, come per magia, si è ritrovata nella terra di Halum. Era un sogno o è questo? Confusa fino al midollo, Suman ricordò l'ultima cosa che le era successa nella terra di Halum. Aveva chiesto di riposare ed era stata condotta nella stanza degli ospiti, dove si era immediatamente addormentata. "Oh, allora era solo un sogno!", pensò espirando con sollievo.

La guardia fuori aveva sentito le urla di Suman e aveva informato immediatamente Moik. Moik entrò di corsa nella stanza in un attimo. "Stai bene? Cosa è successo?", chiese a Suman.

"È stato il solito brutto sogno. Un fantasma si era impossessato della mia stanza e si rifiutava di farmi entrare. Non riuscivo a trovare nessuno in casa mia e continuavo a correre in tondo. Era così spaventoso!". Suman ha descritto il suo sogno sull'orlo delle lacrime. Moik l'ha tenuta stretta finché Suman non si è calmata. Le diede un bicchiere d'acqua e una fetta di un frutto di colore viola. Non appena Suman ne diede un morso, sentì calore e felicità diffondersi nelle sue viscere e si rilassò all'istante. "Wow. È un frutto magico quello che mi hai appena dato?", chiese Suman. Moik sorrise dolcemente e rispose: "Questo frutto è ampiamente disponibile qui nella terra di Halum. La maggior parte delle persone lo tiene in casa per alleviare le emozioni negative e lo stress. Si chiama Huape".

Quando Suman si fu sistemato a sufficienza e sembrava visibilmente più felice, Moik suggerì a Suman di recarsi dall'interprete dei loro sogni. "Dobbiamo andare da Madam Fa Lia. Lei sarà sicuramente in grado di dirci la ragione del tuo sogno e di darci una soluzione. Forse questo sogno è la chiave per trovare la soluzione qui nella terra di Halum".

Suman annuì. Non aveva idea di cosa potesse fare un'interprete dei sogni o di come potesse essere d'aiuto. Ma seguì comunque il piano perché non aveva niente di meglio da fare.

MADAM FA LIA

Moik e Suman uscirono dal castello e risalirono il torrente verso nord. Lì iniziarono a salire su una piccola collina. La salita era lieve, non troppo ripida ma sufficiente a farli ansimare leggermente. Dopo circa venti minuti di cammino, Suman riuscì a vedere una piccola capanna dietro un'enorme betulla. Moik e Suman salirono lentamente e arrivarono davanti alla capanna.

Era un posto decente, non troppo grande. Era circondata da un piccolo giardino, con alberi da frutto che crescevano intorno. Come nel resto della terra di Halum, anche qui fiori e farfalle erano in abbondanza. Il posto sembrava ideale per chi voleva vivere lontano dalla folla e dalla gente. Moik andò avanti e bussò alla piccola porta marrone.

Suman si aspettava che ad aprire fosse una vecchia signora halumiana, pallida e bassa. Invece, la porta fu aperta da una signora estremamente giovane, intelligente, relativamente alta e con una salute rosea. Indossava gioielli bizzarri e una specie di lunga tunica con molte toppe. Tuttavia, l'aspetto e il colore del suo viso facevano passare in secondo piano tutto il resto. Non si poteva fare a meno di amare Madam Fa Lia dal momento in cui si posava lo sguardo su di lei. Era come se irradiasse iridescenza. Madam Fa Lia era diversa dal resto degli Halumiani. Suman notò che lo stesso effetto della presenza di Madam Fa Lia era avvertito anche da Moik. Anche Moik sembrava stordito.

Entrambi furono accompagnati nell'unica stanza della piccola capanna. C'erano solo una sedia, un tavolo e un materasso singolo che fungeva da letto per la signora. In un altro angolo c'era una piccola stuoia. Suman si chiese come una signora così affascinante potesse vivere in condizioni così semplici. Rispondendo alle domande che aveva in mente, Madam Fa Lia rispose: "Ciao Suman. Benvenuta nella mia umile dimora. Mi piace vivere lontano dalle folle e dalla loro energia, perché questo mi aiuta a proteggere la mia energia. L'unica ragione per cui sembro così giovane, nonostante abbia più di 150 anni, è che mi attengo rigorosamente a un regime che prevede esercizio fisico, pensieri puliti e aria fresca. Senza distrazioni, riesco a concentrarmi meglio sui miei sogni, che mi aiutano a capire lo stato del mondo. So perché siete qui. La Regina ha chiesto il vostro aiuto. La terra di Halum sta attraversando una crisi di cui nessuno riesce a trovare la causa. Anch'io ho provato e riprovato, ma senza successo. Sebbene la mia capacità di sognare stia vacillando, posso ancora tradurre i sogni di altre persone. Ed è qui che entrate in gioco voi. Vieni, siediti mentre ti spiego il significato del tuo sogno".

La signora Fa Lia rimase in silenzio per un po', come se stesse riflettendo sul sogno di Suman, o forse scrutando nella sua mente. Rimase così per forse 15 minuti o più. Difficile dirlo, visto che qui nella terra di Halum non c'erano orologi e, anche se ci fossero stati, Suman non aveva ancora imparato a leggere l'orologio. Comunque, dopo che era passato un po' di tempo, Madam Fa Lia sospirò. Mentre Moik e Suman la guardavano in attesa, finalmente parlò: "Il tuo sogno significa che una parte di te ha paura di stare da sola. Hai paura che il tuo fratellino ti sostituisca e che i tuoi genitori si dimentichino di te. Il fantasma nei tuoi sogni significa la tua paura. Ha assunto un'identità propria e vi costringe a vivere nella paura. Se non lo combattete e non lo rimpicciolite nella vostra mente fino a farlo scomparire, continuerete ad avere questi sogni ricorrenti finché un giorno non smetterete del tutto di sognare. Sii forte. Sii coraggioso Suman".

"Ma come può questa interpretazione aiutarci a risolvere i problemi della terra di Halum?" chiese Moik, con un'aria confusa e preoccupata allo stesso tempo.

"Questo è ciò che mi ha richiesto un po' di tempo per capire io stessa", rispose Madam Fa Lia. "Sembra che, proprio come Suman, ci sia un nemico che ha messo radici anche nella terra di Halum. Se non verrà identificato e messo all'angolo al più presto, questo nemico si diffonderà come una piaga nella terra di Halum. Il nemico sembra essere qualcuno o qualcosa all'interno della comunità".

"Ma la terra di Halum è un luogo pacifico. Chi potrebbe voler fare del male a una terra così pacifica e felice e alla sua gente?", si chiede uno sconcertato Moik.

"A volte le cose non sono come sembrano. Chiedi alla regina Chikala di venire a incontrarmi", li aveva congedati Madam Fa Lia.

IDENTIFICARE IL NEMICO INTERNO

Sia Moik che Suman tornarono al castello in silenzio, ognuno perso nei propri pensieri.

"È vero che sono diventato distante dalla mia famiglia. Mamma e papà dedicano tutto il loro tempo e il loro amore a Sahil. Ma lui è un bambino così caro. Sempre sorridente, ridente e felice. Come si può non amarlo? Anch'io gli voglio un bene dell'anima. L'interprete dei sogni ha sbagliato tutto. Ne sono certo", si chiedeva Suman.

Anche Moik pensava: "Come può la terra di Halum essere in pericolo per un nemico? Non abbiamo nemmeno il concetto di nemico all'interno della nostra comunità. Forse la signora Fa Lia si sbaglia? Sta diventando vecchia e disorientata?". Moik si rese conto che anche Suman stava pensando la stessa cosa. "Forse Madam Fa Lia è stata una cattiva idea. Tuttavia, permettetemi di raccontare alla regina tutto quello che è successo, e poi lei potrà guidarci", pensò Moik e continuò a camminare perso nei suoi pensieri, lasciando che Suman rimanesse sola nei suoi.

Presto Suman e Moik tornarono a palazzo. La Regina fu consultata e le fu raccontata l'intera conversazione tra Madam Fa Lia, Suman e Moik. La Regina, sempre serena e pacifica, sembrava agitata per la prima volta in vita sua. Moik ne fu sorpresa, perché non aveva mai visto la Regina agitata. "Avete bisogno di sciroppo di Huape, mia cara Regina. Lasciate che ve lo prenda" e Moik si affrettò verso la cucina del palazzo. Suman ricordava l'effetto calmante dell'Huape su di lei.

La regina borbottava tra sé e sé: "Quale può essere la causa? Perché sta succedendo? Di questo passo, non ci sarà mai più una regina per la terra di Halum. Come faremo a sopravvivere? Come faremo a crescere?".

Suman, preoccupata ed empatica nei confronti dell'enigma in cui si trovavano la terra di Halum e la regina Chikala, cercò di capire la portata del problema. Si schiarì la gola per attirare l'attenzione della regina.

"Se posso, mia cara Regina, può dirmi come e quando è iniziata questa epidemia di assenza di sogni?".

"È iniziata circa due anni fa. Tutto andava bene nella nostra terra. Tutte le persone erano felici. A volte, quando le persone diventano infelici per qualsiasi motivo insondabile, le nostre fate farfalla le aiutano a tornare felici incantando la felicità su di loro. Altrimenti, per altri tipi di ansie, abbiamo il nostro frutto di fiducia, l'Huape. La sua composizione chimica è tale da indurre un effetto calmante sulle persone. Tuttavia, l'assenza di sogni è qualcosa che né le nostre fate né i nostri frutti sono stati in grado di aiutare. La causa è sconosciuta. La signora Fa Lia ritiene che ci sia un nemico all'interno della nostra comunità, ma non può essere vero. Conosco personalmente tutti gli abitanti della terra di Halum da diversi anni, addirittura da decenni. Sono tutti esseri innocui e amanti della pace".

"Ancora non capisco come i miei sogni siano legati alla terra di Halum. Forse vi state sbagliando e mi avete portato qui senza motivo", rispose Suman a bassa voce, profondamente pensieroso.

"Non può essere così", replicò la Regina. "Il nostro Oracolo ha parlato espressamente di te e, dopo averti tenuto d'occhio per circa un anno, sono abbastanza convinta che sarai il nostro salvatore".

Suman sentì improvvisamente un'ondata di ansia, come se qualcuno le stesse premendo sui polmoni dall'alto. Era una pressione eccessiva su di lei, che si aspettava così tanto. Dopo tutto, era solo una bambina! Desiderosa di aria fresca, chiese alla Regina il permesso di uscire all'aria aperta.

Una volta fuori, Suman si sedette sulla soffice erba verde del giardino, meravigliandosi della vista di bellissimi fiori, uccelli, farfalle e fate danzanti. Questi panorami la distrassero dai problemi che affliggevano la sua mente.

"La terra di Halum era un paese così pacifico e bello. Sarebbe brutto se la gente qui perdesse la capacità di sognare. Sarebbe come perdere una parte importante di sé. Se quello che dicono è vero e l'assenza di sogni sta iniziando a entrare anche in me, mi chiedo quanto tempo ci vorrà prima che perda anche tutti i miei sogni", rabbrividì Suman al pensiero. Amava i suoi sogni. I sogni la aiutavano a perdersi in un mondo onirico in cui si sentiva al sicuro. Anche la terra di Halum la faceva sentire al sicuro. Se non lo sapesse, avrebbe pensato di stare ancora sognando.

FORESTA IN FIAMME

Nel frattempo, l'incendio nella foresta si stava diffondendo. Suman vide diverse fate, animali e uccelli feriti che venivano riabilitati all'interno del castello. Vide Moik e altri volontari aiutare chi soffriva di ferite e ustioni. Qui, nella terra di Halum, tutte le medicine erano di origine naturale. Non c'erano elementi artificiali o sostanze chimiche. Diverse squadre di ricerca furono inviate in altre foreste del regno per raccogliere le erbe necessarie a formulare la medicina. Nel frattempo, le fate Farfalla facevano del loro meglio per curare i feriti con la magia.

Alcune delle squadre di ricerca erano tornate e avevano consegnato le erbe miracolose, foglie, radici e germogli, a Moik e agli altri. Vedendo che tutti stavano lottando e lavorando instancabilmente per soddisfare l'enorme richiesta di queste medicine, Suman decise di fare la sua parte. Anche lei si impegnò nel faticoso compito di mescolare le erbe necessarie, trasformandole in una pasta con un aggeggio molto simile al tradizionale mortaio e pestello usato sulla Terra.

Una volta pronte le medicine, alcune da applicare localmente e altre da ingerire, tutti i volontari si sono messi al lavoro con attenzione. Anche Suman ha aiutato ad applicare la pasta sulle ferite, avvolgendole con foglie e bende medicate. Nutriva i feriti con le sue mani, li puliva al meglio, perché, non dimentichiamolo, era ancora una bambina di 8 anni.

Suman fece una pausa dopo quelle che sembravano ore di lavoro instancabile. Il sole era ancora morbido e luminoso. Nonostante avesse parlato con tante persone, nessuno era ancora riuscito a individuare la causa dell'incendio della foresta. "Come è nato l'incendio?". Si chiedeva Suman. Decise di parlare con alcune fate che erano state portate a palazzo. Si avvicinò a una delle fate più amichevoli e le chiese: "Sai come è scoppiato l'incendio?".

La fata la guardò per qualche minuto, come se stesse valutando se fidarsi o meno. Le fate erano molto più sagge degli abitanti della terra di Halum. Questa fata farfalla, di colore blu, così Suman decise di chiamarla Fata Turchina, aveva lunghe ali blu con macchie di colore giallo brillante e contorni neri lungo l'esterno. Era bella e serena. La Fata Turchina guardò Suman e sorrise tristemente. Suman fu sorpreso di vedere un accenno di tristezza, perché nella terra di Halum nessuno sembrava essere toccato da un briciolo di tristezza. Tutti erano sempre felici e allegri.

"Ma credo che in caso di incendi boschivi, di perdita di vite umane e di case, sia naturale che tutti coloro che ne sono stati testimoni si sentano un po' tristi. Se la stessa cosa fosse accaduta sulla Terra, sarebbe già finita in prima pagina!" pensò Suman.

La Fata Turchina, intuendo i pensieri di Suman, rispose: "Hai ragione, Suman. Qui la gente è felice e contenta. Non avendo alcun vizio, nulla da nascondere, la gente qui vive felice e in pace. Tuttavia, a volte accadono calamità come queste che ci scuotono nel profondo e ci fanno capire quanto siamo fortunati a vivere in una terra così lontana da tutte le tristezze e le difficoltà. Tuttavia, di tanto in tanto, ognuno deve affrontare la propria parte di difficoltà e credo che quella che sta vivendo la terra di Halum sia la nostra parte di difficoltà per assicurarci di contare le nostre benedizioni ogni giorno e non dare le cose per scontate. Vi dirò questo. L'incendio che ha inghiottito la foresta non è un fuoco acceso per errore, ma un fuoco che ardeva da tempo e che solo ora ha raggiunto proporzioni incontrollabili".

Suman rimase completamente confuso e sconcertato. Se sapevano che il fuoco stava divampando, perché nessuno aveva agito di conseguenza?

La Fata Turchina sorrise, sempre con lo stesso sorriso triste, e rispose: "Alcuni incendi non possono essere visti apertamente. Iniziano dall'interno e lentamente fanno breccia nel nucleo esterno. Proprio come la paura. Il primo passo della paura è trovare le sue radici nella vostra mente, inconsciamente. Lentamente, prende dalla vostra forza e diventa forte essa stessa. Proprio quando siete pronti ad agire, la paura fa breccia all'esterno e si manifesta! Sapevi che la paura era lì, ma non hai agito finché non ha raggiunto l'esterno, e a quel punto è troppo tardi".

"Vuoi dire che era un fuoco nascosto? Nessuno si è accorto che stava bruciando? Come è iniziato?" Suman aveva mille domande, e il suo cervello si stava arrovellando per tutto il mistero delle parole pronunciate dalla Fata Turchina.

"Nessuno lo sa. Per quanto ricordo, il fuoco ardeva da molto tempo, forse da decenni. E poiché era rimasto così per tanti anni, era diventato parte della nostra geografia. Non avremmo mai pensato che avrebbe sputato fuoco in questo modo, bruciando l'intera foresta".

Il quadro si stava chiarendo per Suman. Fece altre domande. "Com'era il fuoco? Cosa vuol dire che ha sputato il fuoco?"

"La foresta di Sud-Ovest ha una piccola collina al centro. È una collina magica, perché è sempre illuminata da un tenue bagliore arancione, che ci tiene tutti al caldo e al riparo. La sua illuminazione proviene dal fuoco soffice e fumante che si trova al suo interno. Era così da decenni, anche di più. Circa due anni fa, abbiamo avvertito delle leggere scosse su questa terra e l'illuminazione si è accesa maggiormente. Tuttavia, due giorni fa, la collina è semplicemente esplosa, sputando fuoco su di noi e bruciando tutto ciò che incontrava". La fata tremava anche mentre raccontava l'incidente ed era chiaramente in difficoltà. Suman capì cosa bisognava fare. Offrì alla fata un po' di succo di Huape e la lasciò a riprendersi dalla sua straziante esperienza.

UNA SCOPERTA

Suman si diresse rapidamente verso la sala delle riunioni della Regina o la sala dei visitatori, dove aveva incontrato la Regina per la prima volta. La stanza le fece lo stesso effetto, anche se era preparata e quindi questa volta non perse la concentrazione tra le nuvole.

La Regina Chikala fu sorpresa di vedere Suman, con il volto illuminato dalla conoscenza e dalla speranza. Non appena vide Suman, la Regina la abbracciò forte: "Sapevo che ce l'avresti fatta. Sapevo che tu sei la risposta a tutti i nostri problemi. Grazie mille per essere qui, Suman!", disse con la gratitudine scritta su tutto il viso.

Suman era sorpresa oltre ogni limite e le ci vollero alcuni istanti per riprendersi dalla sensazione di felicità e orgoglio che provava dentro di sé. Aveva prestato attenzione a scuola e ne era grata. Suman sapeva cosa aveva causato l'incendio della foresta e poteva aiutare la Regina e Halum a salvarsi.

"Allora, di cosa si tratta?" La Regina sondò il terreno.

"È il vulcano, mia altezza. L'incendio nella foresta è stato causato dal vulcano che ardeva da decenni. Era un vulcano dormiente che è appena diventato attivo. Solo che non ve ne siete resi conto. Le scosse avvertite circa due anni fa devono averlo innescato ulteriormente, facendolo esplodere ora. Non c'è nulla da temere. Tuttavia, vi preghiamo di assicurarvi che tutti gli esseri viventi ne stiano lontani per i prossimi mesi. Potrebbe esplodere di nuovo. In particolare, poiché questa è stata la prima volta che il vulcano ha eruttato, è probabile che rimanga attivo per qualche tempo. Dovrete imparare a conviverci. È innocuo, purché non si intrometta nulla", spiegò Suman tutto d'un fiato. Era troppo eccitata per tenere per sé un'informazione del genere.

La regina rimase in silenzio per qualche tempo. Persa nei suoi pensieri. Stava valutando il significato di tutto ciò che Suman aveva detto. "Quindi, vuoi dire che il fuoco continuerà a bruciare finché il vulcano sarà vivo?". Chiese la Regina.

"Sì, mia Regina. È così che funzionano i vulcani attivi", rispose Suman. "Ma ci deve essere un modo per spegnere il fuoco?". Chiese ancora la Regina. Suman era confuso. A scuola era stato insegnato che il fuoco vulcanico non può essere spento a meno che il vulcano non si spenga da solo. "Forse l'Oracolo può guidarci?". Queen borbottava tra sé e sé mentre decifrava la confusione di Suman sulla sua domanda.

Suman rimase un po' confusa e stanca allo stesso tempo. Era confusa perché non capiva perché la Regina volesse che il vulcano fosse morto. I vulcani non muoiono così. E stanca perché aveva lavorato molto con i sopravvissuti all'incendio vulcanico. Decise di dormire per un po' e si diresse verso la stanza degli ospiti dove Moik l'aveva portata prima. Si sdraiò sul letto e si addormentò in un attimo.

Dopo un po', Suman si svegliò di soprassalto. Aveva sognato di correre attraverso le montagne erbose di Halum fino a un luogo sconosciuto, tutta sola. Questo luogo sembrava trovarsi su un dirupo con una caduta improvvisa nel fiume agitato che scorreva sotto. La sola vista del precipizio aveva spaventato Suman. Lì, sulla scogliera, si trovava una piccola capanna triste e solitaria. Quando bussò alla porta della capanna, si accorse che la porta era aperta. Entrando, Suman vide un bambino della sua età, dagli 8 ai 10 anni, che giaceva malato sul pavimento. Preoccupata e in preda al panico, Suman corse verso il bambino e si rese conto che era assonnato. Probabilmente era malato. Ciò che colpì Suman fu il fatto che quel bambino sembrava provenire dalla Terra. Era molto simile agli umani e a Suman stessa. Suman cercò di trovare dell'acqua in casa, ma non la trovò. Corse fuori per chiedere aiuto a qualcuno, ma non trovò nessuno. Si guardò intorno in cerca di acqua e corse verso la fine della scogliera sperando di trovare una cascata o un piccolo ruscello. Aveva ragione. C'era una piccola cascata alla fine della scogliera. Mentre Suman allungava i palmi delle mani, uniti per prendere un po' d'acqua dalla cascata, il suo piede scivolò sul fango morbido e cadde. Cadde dritta nel profondo canyon che terminava in un fiume agitato e pieno di rocce e sassi. La paura e la caduta le fecero battere il cuore e all'improvviso Suman si ritrovò sveglia! Svegliata dal sonno e con il cuore che palpitava,

Suman stava sudando abbondantemente. Era solo un sogno!

L'ORACOLO

Suman sapeva di dover parlare con qualcuno del suo sogno. Se non altro, doveva cercare quel ragazzo che giaceva malato da qualche parte ad Halum. Suman si alzò alla ricerca di Moik.

Moik capì subito cosa era successo nel momento in cui posò gli occhi su Suman. Preoccupata ed emozionata allo stesso tempo, Moik andò incontro a Suman. Suman chiese a Moik se ad Halum ci fosse una scogliera come quella che aveva visto in sogno. "Ci sono storie che parlano di una scogliera come quella che descrivi nell'estremo est di Halum. Ma quella regione è estremamente precaria e difficile da raggiungere. Non ci vivono molte persone. Io stesso non sono stato in quella regione. Forse l'Oracolo conosce quella zona. Forse può guidarti, Suman", suggerì Moik.

Suman sapeva che era una coincidenza troppo grande che sia la Regina che Moik avessero suggerito a Suman di incontrare l'Oracolo. Decise di visitare l'Oracolo. Moik prese il comando e condusse Suman dall'Oracolo. Si diressero verso la foresta, la stessa che avevano attraversato per arrivare al Palazzo. Non troppo in profondità nella foresta, circondata da un gruppo di alberi di banyan disposti in cerchio, si trovava la casa dell'Oracolo. Era una casa semplice, fatta di fango e foglie. Naturale e tuttavia meticolosamente posizionata per tenere a bada tutte le minacce - non che Halum avesse minacce per nessuno, a parte questa nuova eruzione vulcanica e il conseguente incendio.

L'Oracolo era seduto su una stuoia di paglia fuori casa, intento a tessere un'altra stuoia di paglia. Quando vide Suman e Moik, stese a terra la stuoia di paglia che aveva preparato per loro. "Sapevo che stavate venendo a trovarmi", disse ridacchiando dolcemente. Suman prese subito in simpatia l'Oracolo. Aveva un fascino così femminile. Suman aveva pensato che l'Oracolo dovesse essere una piccola signora anziana e scontrosa, ma si sbagliava di grosso. Sia Moik che l'Oracolo risero fragorosamente mentre Suman pensava questo, cercando con tutte le sue forze di tenere i suoi pensieri per sé.

L'Oracolo cercò di tenere a freno la sua allegria e di far sentire Suman a suo agio. Chiese a Suman del suo sogno - un esercizio infruttuoso, in realtà, poiché conosceva già il sogno che Suman aveva visto. Tuttavia, Suman raccontò il suo ultimo sogno e chiese all'Oracolo se conosceva una scogliera come quella del sogno di Suman. L'Oracolo pensò per un po' e rispose lentamente: "Sul lato più lontano dell'Halum orientale, si trovano diverse scogliere spaventose che terminano in fiumi rocciosi e scoscesi. Forse quella è una delle scogliere che hai visto. Il tuo sogno ti invita a visitare quella scogliera. Deve esserci qualcosa o qualcuno che ha bisogno del tuo aiuto. Forse quel qualcosa è anche la risposta ai problemi di assenza di sogni che la gente di Halum deve affrontare".

"Ma Halum Est non è sicura per nessuno", rispose freneticamente Moik al suggerimento dell'Oracolo. "È vero, ma se le fate farfalla e qualche altro guerriero di Halum andassero con lei, sarebbe più preparata ad affrontare i problemi che si presenteranno sul suo cammino. Nessuno ha mai detto che le soluzioni arrivano facilmente. Quando ci sono problemi, bisogna avere coraggio per risolverli. Se vuoi mantenere vivi i tuoi sogni, trova un modo per superare le paure che ti bloccano", dichiarò Oracolo con aria di sufficienza.

Suman sapeva che c'era qualcosa di vero nelle parole dell'Oracolo. Sia Madame Fa Lia che l'Oracolo sembravano dire la stessa cosa: "Affronta le tue paure. È lì che si trova la soluzione. Forse doveva intraprendere questo viaggio verso l'estremo Oriente di Halum per trovare quella scogliera e tutto ciò che l'attendeva.

VIAGGIARE IN UNA TERRA LONTANA

Suman e Moik tornarono a Palazzo e si consultarono con la Regina Chikala. La Regina decise di convocare una riunione urgente dei membri importanti dei suoi ministri. Spiegò le circostanze a tutti i membri e chiese il loro parere. Fu evidente che il viaggio verso il lontano Oriente sarebbe stato un'impresa difficile e pericolosa per una giovane ragazza come Suman. Tuttavia, considerando le circostanze particolari - il sogno di Suman, il suggerimento dell'Oracolo e anche l'indicazione dell'interprete dei sogni - sembrava opportuno che Suman intraprendesse il viaggio.

Tutti pensavano che Suman non avrebbe potuto intraprendere il viaggio da sola. Avrebbe avuto bisogno dell'assistenza dei migliori navigatori, guerrieri e guaritori di Halum. Fu chiesto di mettere insieme una squadra senza perdere tempo. Tutti i ministri, la regina Chikala e Moik si misero al lavoro. Alla fine della giornata, era stata formata una squadra di sette membri. La squadra sarebbe stata guidata da Moik stessa, il capo navigatore, insieme a Sehala e Nara, i guerrieri. Le guaritrici Ruby, Geraldine e Saphire - le fate farfalla - li avrebbero accompagnati per garantire sicurezza e salute. Infine, il membro più importante della squadra, Suman, avrebbe seguito la strada dei suoi sogni.

Mentre si metteva insieme l'essenziale - il cibo, le lenzuola, le medicine, l'equipaggiamento per la navigazione e le armi - la gente di tutta la terra di Halum pregava per l'incolumità della bambina che era venuta a salvarli tutti rischiando la propria vita.

Il giorno dopo, la squadra era pronta a partire. Con la benedizione dell'Oracolo, della Regina Chikala e di Madam Fa Lia, tutti e sette partirono per le terre sconosciute dell'estremo Oriente di Halum. Moik spiegò che il viaggio verso il lontano Oriente sarebbe durato circa quattro giorni a piedi. I primi due giorni sarebbero stati facili e in territorio amico. Tuttavia, il terzo giorno avrebbe presentato alcuni terreni difficili che avrebbero richiesto l'attraversamento di montagne e burroni. La sfida sarebbe arrivata l'ultimo giorno, quando avrebbero dovuto scalare ripide montagne innevate e crepacci nascosti.

Il primo giorno, l'équipe ha attraversato Halum in direzione est, attraversando bellissimi prati, alberi carichi di frutta e fiori celestiali. Come se fosse un segnale, gli uccelli hanno seguito la squadra cinguettando forte come per ringraziarli dei loro sforzi. Quando la comitiva decise di riposare dopo una lunga giornata di cammino, gli orsi arrivarono per tenerli al caldo, mentre gli uccelli portarono noci e frutti dagli alberi vicini per aiutarli a nutrirsi. Suman non aveva mai sentito tanto amore e attenzione e se ne stava godendo ogni istante.

Il giorno successivo fu più o meno come quello precedente. Il terzo giorno fu un po' una sfida per la squadra. Hanno iniziato la giornata con una camminata facile. Tuttavia, man mano che la giornata procedeva, il passaggio diventava più ripido. A un certo punto, Suman è diventato troppo stanco per camminare e la squadra ha dovuto fare una pausa per aiutarlo a riprendersi. Geraldine e Ruby andarono a prendere le medicine miracolose che accelerano il recupero del corpo e le somministrarono a Suman. Nel giro di trenta minuti, Suman si sentiva fresco e pronto ad affrontare di nuovo il viaggio.

Il gruppo si rimise in marcia per il difficile viaggio di ritorno in pochissimo tempo. Questa volta il terreno era accidentato e non c'erano indicazioni sul percorso. Tuttavia, grazie alle capacità di navigazione di Moik, il gruppo ha proseguito il suo cammino. Alla fine della giornata, decisero di montare le tende sotto l'unico albero che si trovava a quell'altezza. Anche il tempo si era notevolmente rinfrescato per permettere loro di dormire all'aperto. Dopo la faticosa giornata di trekking, Suman si addormentò nel mondo dei sogni non appena si trovò a contatto con la nuvola del sonno (sulla terra di Halum c'era una versione del sacco a pelo, solo che questa aveva la forma di una nuvola che poteva essere chiusa a seconda delle necessità, era più comoda e più calda). Presto Suman fece quello che le riusciva meglio: sognare. Questa volta, nel suo sogno, vide che il ragazzino che era svenuto nella capanna correva ridendo forte come se stesse prendendo in giro Suman. Suman si agitò e corse dietro a quel ragazzo, con Moik proprio dietro di lei. Proprio mentre Suman stava per afferrare il ragazzo, anche Moik si avvicinò a Suman dicendole di controllare la sua rabbia. Tuttavia, Suman respinge con rabbia la sua mano e Moik perde la presa. Sbilanciata, Moik inizia a cadere dalla scogliera, giù nella profonda valle con le acque impetuose sottostanti.

Suman si svegliò tutta sudata e spaventata. Sapeva che era un sogno che non poteva prendere alla leggera. Non poteva nemmeno parlarne con Moik, ma non importava. Moik lo avrebbe capito istintivamente leggendo la sua mente. Mentre Suman stava pensando a tutto questo, Moik si svegliò e abbracciò forte Suman. "Non preoccuparti per domani, Suman? Era solo un sogno", disse rassicurante. "Ma i sogni contano molto qui nella terra di Halum. Abbiamo intrapreso una missione semplicemente grazie a un sogno che ho fatto. Come puoi dire che questo sogno non significa nulla? E se questo sogno fosse una trappola?". La voce di Suman fremeva di paura.

"C'è solo una cosa da fare: andare avanti e affrontare le nostre paure. Ricordate sempre che la paura sembra sempre più grande da lontano che quando viene affrontata di petto", rispose Moik. Era il momento di iniziare l'ultima tappa del viaggio.

Questa volta il gruppo era guidato da Sehala e Nara. Anche loro avevano letto nella mente di Suman e sapevano del sogno. Dopo essersi consultati, tutti decisero che era meglio che i due guerrieri rimanessero in testa e stessero di guardia nel caso in cui si trattasse di una trappola. Anche a Moik fu chiesto di essere più cauto, mentre a Suman fu detto di essere consapevole delle sue emozioni. Oggi la salita era la più ripida, quasi verticale. L'unico modo per andare avanti era attraverso corde e marchingegni. Sehala e Nara decisero di salire per prime, posizionando ganci e corde lungo il percorso perché gli altri potessero seguirle. Una volta raggiunto un punto sicuro, fecero segno agli altri di seguirli. Mentre Suman e Moik si issarono con le corde e i ganci, le fate farfalla dovettero semplicemente sbattere le ali e volare verso l'alto. A metà della scalata, però, Suman ebbe un improvviso senso di vertigine per l'altezza. Non era abituata a tali altezze. Non era mai stata nemmeno in collina! Tuttavia, Saphire e Ruby si trovavano nelle vicinanze e aiutarono Suman ad alzarsi appena in tempo, dandole lo sciroppo Huape e aiutandola a recuperare energia e vigore. Anche Moik stava affrontando la fatica. La sua velocità era notevolmente diminuita. Solo i miscelatori dei guaritori tenevano in piedi la festa. Senza ombra, senza calore e senza vegetazione, anche l'aria stava diventando rarefatta. Anche i sentieri sembravano confusi e divergenti. A un certo punto, Moik si confuse tra gli indicatori e decise di girare a sinistra. Questo sentiero era relativamente dritto e sembrava rilassare la salita del gruppo. Tuttavia, all'insaputa del gruppo, li condusse in una profonda gola dove il gruppo rischiò di cadere. Fortunatamente, Saphire, che volava più in alto, si accorse del pericolo e impedì al gruppo di proseguire appena in tempo.

Scioccato e improvvisamente consapevole del pericolo che quel luogo rappresentava per tutti loro, il gruppo tornò indietro e decise di seguire il sentiero che si era lasciato alle spalle. Questo sentiero era estremamente pericoloso. Mentre a sinistra c'era un ripido burrone, a destra c'erano rocce pericolanti e pendenti. Ogni passo falso avrebbe provocato la caduta di queste rocce sul gruppo o la caduta di un membro del gruppo nel profondo burrone.

La giornata sembrava trascinarsi senza fine. Tuttavia, all'improvviso, così come avevano iniziato il loro viaggio, anche questo si fermò quando Suman indicò entusiasta una rupe tra le tante che si trovavano davanti a loro: "Sembra quella che ho visto nel mio sogno!".

Moik tracciò rapidamente il percorso per raggiungere la scogliera e partirono, con cautela e lentezza per evitare incidenti.

LA DESTINAZIONE FINALE

Suman corse verso la scogliera che aveva visto in sogno, cercando una capanna dove un bambino attendeva il loro arrivo. Tuttavia, qui non c'era nulla del genere. "Mi sono sbagliata? Non è questa la scogliera giusta? O il mio sogno era solo questo, un sogno, una finzione creata dal mio cervello?", pensò Suman.

Il gruppo si sedette, stanco e deluso. Non avevano trovato quello che speravano di trovare qui. Decisero di aspettare e di riposare per qualche tempo prima di riprendere il viaggio verso la parte di Halum in cui vivevano. "Mi dispiace Moik che la nostra spedizione sia fallita. Vi ho condotto tutti in pericolo senza alcun risultato", gridò Suman. "Va tutto bene, Suman. Sapevamo tutti il rischio che stavamo correndo e, credimi, ne è valsa la pena. Ora sappiamo che il territorio a est è difficile, ma non è invincibile. Con un'adeguata pianificazione e grinta, possiamo mappare anche quest'area. Questo ci aiuterà ad avere accesso a tante erbe e rocce speciali che non sono facilmente reperibili nelle pianure e nelle terre dalla nostra parte di Halum", dissero all'unisono Moik e le fate, perché in fondo era tutto vero.

Proprio mentre il gruppo stava per iniziare a mangiare, sentirono una piccola risata provenire da non molto lontano. Sembrava la risata di un bambino. Suman, Nara e Sahela si sparpagliarono alla ricerca della risata. Suman sentì istintivamente che la risata la chiamava a seguirla. Nonostante Moik l'avesse sconsigliata, Suman si mise alla ricerca della fonte della risata da sola. Saphire decise di volare accanto a Suman per assicurarsi che non le venisse fatto del male.

Suman volò rapidamente tra i fili d'erba e trovò finalmente una piccola apertura nell'albero solitario che si trovava sulla scogliera. L'albero sembrava piccolo, ma aveva un'apertura abbastanza grande da permettere a Suman di passarci attraverso. Ciò condusse Suman e Saphire in un luogo completamente diverso. "Sembra un portale di qualche tipo", pensò Suman, mentre Saphire si accodava ai suoi pensieri. In questo luogo, Suman vide un bambino, della sua età, che giocava con il fuoco. "Ciao", chiamò Suman. Il bambino, però, si nascose dietro un albero. Il fuoco, come per magia, lo seguì. Il bambino sembrava agitarsi quando Suman si avvicinava a lui.

Nel frattempo, la terra di Halum stava affrontando la sua parte di problemi. Il vulcano stava eruttando ancora una volta e il fuoco si stava diffondendo velocemente e selvaggiamente. Anche la scogliera dove riposavano Moik e le altre fate stava subendo una sorta di terremoto, con pietre che rotolavano e venivano sballottate, mettendo in pericolo gli Halumiani. Tuttavia, Suman non era al corrente di queste sfide. Era concentrata a fare amicizia con la bambina che l'aveva condotta in questo nuovo luogo. "Pensavo che la terra di Halum fosse chiusa al resto del mondo e che il portale si aprisse solo quando la Regina lo desiderava. Come mai questo portale esiste qui senza che nessuno ad Halum sappia della sua esistenza? Sicuramente ci deve essere una sorta di sicurezza in atto che farebbe immediatamente sapere alla Regina di qualsiasi pericolo per la santità del mondo di Halum?". Suman aveva così tanti pensieri che era difficile concentrarsi sul compito da svolgere.

"Suman, non perdere la concentrazione! Halum è in pericolo se perdi il controllo delle tue emozioni. Non dimenticarlo!" Saphire avvertì Suman.

Suman sapeva che Saphire aveva ragione e concentrò rapidamente i suoi pensieri e la sua attenzione sulla bambina che aveva davanti. "Non aver paura. Anch'io sono piccola e voglio solo essere tua amica. Mi hai chiamato nei miei sogni. Voglio solo sapere perché?". Suman provò a parlare con il bambino. Il bambino guardò Suman con curiosità, come se cercasse di ricordare, e poi improvvisamente si alzò in piedi. Sembrava più alto e più vecchio non appena questo accadde, come per magia. Il suo viso era troppo allungato e i suoi occhi erano diventati gialli. I capelli gli si allungarono sulla testa e anche le mani si ricoprirono di peli. Guardò Suman in modo astuto, anche se Suman cercava di superare la sorpresa per la piega che avevano preso gli eventi. Non era un bambino. Era un uomo adulto che assomigliava molto a un umano!

"Ciao, Suman. So cosa ti porta qui. Il problema è che, pur conoscendo la causa di tutti i problemi di Halum, non so come risolverli", disse. Anche lui era in grado di leggere la mente di Suman come il resto degli Halumiani, solo che non era uno di loro. "Hai ragione. Non sono un Halumiano. Appartengo a un'altra terra chiamata Sariake. Il mio nome è Urug. Circa due anni fa, mentre cercavamo terre esotiche, abbiamo finito per aprire per errore un portale verso Halum. All'inizio eravamo felicissimi, ma presto ci siamo resi conto che si trattava di un errore. Il portale stava prosciugando gran parte dell'energia degli abitanti di Sariake, facendo perdere loro gli speciali poteri del fuoco. La gente qui stava diventando più pigra e preferiva dormire piuttosto che lavorare. Proprio come gli abitanti della terra di Halum, che stanno perdendo i loro sogni a causa del sonno agitato. Temo che l'energia del fuoco che si sta esaurendo stia alimentando il vulcano della terra di Halum, provocando incendi ovunque. Anch'io sto cercando di trovare un modo per chiudere questo portale", ha spiegato.

"Ma allora come possiamo trovare una via d'uscita?". Suman chiese.

"Spero che tu possa trovare una soluzione, Suman, visto che sei tu ad essere stato coinvolto dall'universo", rispose Urug.

"Ma come avete fatto ad aprire un portale qui?", chiese Suman.

"Stavamo semplicemente esplorando la nostra energia del fuoco quando il fuoco del vulcano ha attirato il nostro portale in questo luogo, proprio come la calamita attrae le altre calamite", rispose Urug.

"Allora non c'è modo di cambiare la polarità dell'attrazione?". Suman disse con un sorriso. Di nuovo, si sentì orgogliosa di essersi concentrata così tanto sulla scuola. Lì aveva imparato tutto sul funzionamento dei magneti. Naturalmente, se il fuoco del vulcano attirava l'energia del fuoco della terra di Sariake, c'era un modo per invertire la polarità e chiudere i portali. La sua logica aveva senso per tutti i presenti. Ma come fare?

Suman decise di tornare indietro e cercare Moik. Lei sapeva quasi tutto di Halum. Nel momento in cui Suman trovò Moik, Moik capì tutto. L'inizio della malattia, gli incendi e la causa di fondo di tutto. Sapeva anche quale sarebbe stata la soluzione.

"Halum ha delle pietre magiche che hanno il potere di attrazione. Queste pietre sono conservate vicino al vulcano, poiché abbiamo sempre pensato che il vulcano fosse la fonte di energia per la terra di Halum. Probabilmente è per questo che l'energia del fuoco è stata attratta qui. Tutto ciò che dobbiamo fare è rimuovere queste pietre dal vulcano e collocarle altrove. Tuttavia, il problema è che con il vulcano che sputa fuoco, non c'è modo di raggiungere le pietre", ha spiegato Moik.

Urug è venuto in soccorso. "Noi siamo il popolo del fuoco e possiamo controllare il fuoco a piacimento. Io sono l'unica persona rimasta nella terra di Sariake ad essere ancora in grado di gestire il fuoco. Lasciatemi viaggiare con voi fino al vulcano. Rimuoverò le pietre e poi potrete trasferirvi quando entrerò nel portale verso la mia terra".

L'arrivo di un estraneo ad Halum era impensabile per Moik. Tuttavia, sapeva che Urug non intendeva fare del male. Stava cercando di aiutare sia il suo popolo che gli Halumiani. Inoltre, senza il potere di controllo del fuoco che Urug possedeva, sarebbe stato un compito arduo raggiungere e recuperare quelle pietre magnetiche.

L'idea sembrava palpabile a tutti e Moik si mise a tracciare il percorso di ritorno verso la parte sud-occidentale di Halum.

RIPRISTINARE L'EQUILIBRIO

Moik decise che il viaggio dall'Estremo Oriente alla Foresta di Sud-Ovest sarebbe durato circa tre giorni. Tuttavia, Urug intervenne: "Posso creare un portale per quella zona, se lo permetti. Questo ridurrebbe il tempo di viaggio e ci aiuterebbe ad arrivare lì in sicurezza". Moik lo guardò con sospetto. Dopotutto, perché non aveva usato il suo potere di portale per avvicinarsi alla regina della terra di Halum per risolvere questi problemi?

"Mi dispiace, ma non mi è stato permesso di lasciare la mia stazione senza una guida adeguata. Sono l'unico ancora in grado di gestire il fuoco. Pertanto, senza un'adeguata supervisione e sicurezza, nessuno mi avrebbe lasciato uscire. Forse è per questo che inconsciamente ho dovuto raggiungere Suman nei suoi sogni", rispose Urug.

I suoi timori furono fugati e Moik accettò che Urug creasse un portale verso la foresta, dove gli incendi crescevano di momento in momento. E proprio così, Urug creò un portale che si apriva sul fuoco. Urug suggerì che gli altri aspettassero mentre lui andava a gestire il fuoco, cercando di raffreddarlo e di renderlo abbastanza confortevole da permettere agli altri di venire in questo luogo. Gli ci volle un po' di tempo e di sforzi, ma alla fine ci riuscì. Fece segno agli altri di seguirlo. Moik, Sehala, Nara e Suman uscirono dal portale per entrare nella foresta in fiamme. L'intero luogo era in frantumi, perché il fuoco aveva inghiottito tutto. Rimanevano solo ceneri e i ceppi di alcuni alberi mezzi bruciati.

Moik guidò Urug e gli altri verso il vulcano, mostrando loro dove erano collocate le pietre. Si trattava di pietre di colore arancione che brillavano intensamente e che erano appoggiate ai piedi del vulcano. Se non lo avesse saputo, nessuno avrebbe potuto decifrare le pietre dai tizzoni ardenti che giacevano ovunque. Urug avanzò, camminando con cautela, controllando il fuoco e il suo calore mentre procedeva. Gli altri aspettavano nel cerchio esterno, dove il fuoco era stato calmato da Urug. Le fate farfalla facevano la guardia da lontano, evitando che le loro ali bruciassero e si carbonizzassero.

Dopo un'eternità, Urug riuscì a estrarre quelle pietre ambrate dai piedi del vulcano. Nel momento in cui mise quelle pietre nelle mani di Moik, il fuoco intorno sembrò raffreddarsi all'istante. Era quasi come se l'energia fosse stata spenta.

"Non ho molto tempo. Devo tornare di corsa al mio portale. Senza il potere dei magneti, il portale che collega Sariake ad Halum scomparirà presto". Disse Urug. "Vi ringrazio dal profondo del cuore per aver salvato la mia terra. La gente della terra di Sariake sarà sempre in debito con te. Soprattutto a te Suman. Prego e spero che i tuoi sogni continuino a vivere e che tu continui a sognare sempre".

Con ciò, Urug saltò nel portale e svanì nel nulla. Moik e il resto del gruppo iniziarono la loro lenta camminata di ritorno al palazzo. Fu una lunga camminata, ma fu vittoriosa. Tutti i membri del gruppo sembravano di buon umore, perché avevano raggiunto l'obiettivo per cui erano partiti: trovare una soluzione ai problemi della terra di Halum. Non solo il problema dell'assenza di sogni era stato risolto, ma anche il vulcano e il suo fuoco si erano calmati, tornando a condizioni normali.

Una volta giunti a palazzo, la regina e gli abitanti della terra di Halum accolsero il gruppo con applausi e fiori. Suman divenne l'eroe del luogo, come le era stato ordinato dall'Oracolo. Gli abitanti della terra di Halum possono sognare di nuovo! Cosa c'è di più allegro per qualcuno che aiutare le persone a sognare e a vivere di nuovo? I sogni sono preziosi, così come lo è sognare.

La Regina ha deciso di collocare i magneti in un luogo sicuro, magari nel giardino del castello. In questo modo non solo si farà in modo che eventuali portali sbagliati vengano affrontati immediatamente, ma si manterrà anche la terra di Halum al sicuro.

Suman fu ringraziata abbondantemente e, dopo molti festeggiamenti, chiese alla Regina di essere rimandata a casa sua. Le mancava la sua famiglia, soprattutto il fratello minore.

La Regina acconsentì a condizione che Suman facesse un ultimo pisolino in questo regno con lei e il resto degli Halumiani. Era il loro modo di festeggiare il ritorno ai loro sogni. Suman accettò.

Mentre Suman tornava nella stanza dei visitatori per dormire sul letto di nuvole, vide in sogno la Regina che le metteva accanto qualcosa. "È un piccolo segno da parte nostra per te. Dormi bene, cara Suman, e continua a sognare", sussurrò la Regina.

Suman si svegliò di soprassalto. Fuori era ancora buio e sua nonna dormiva accanto a lei. Era tornata! O forse lo era? O era solo un sogno? Confusa, ma con una sensazione di felicità dentro di sé, Suman abbracciò forte la nonna addormentata.

Guardandosi intorno, si accorse che c'era qualcosa che luccicava accanto al suo letto. Suman ricordava vagamente di aver visto la Regina posare qualcosa accanto a lei poco prima di addormentarsi. Tutta questa avventura non era un sogno, dopotutto. Ne aveva la prova sotto forma di questo regalo. Quando aprì il regalo, trovò una piccola scatola nera con delle nuvolette fluttuanti all'interno. Suman sorrise. Era il regalo perfetto per lei. Queste nuvole fluttuanti le avrebbero sempre ricordato il primo incontro con la Regina. Queste nuvole le avrebbero ricordato che Suman poteva raggiungere qualsiasi obiettivo. Aveva vinto le sue paure. Dopo tutto, non c'era nulla di cui aver paura.

"Il futuro appartiene a chi crede nella bellezza dei propri sogni."

Eleanor Roosevelt

www.ingramcontent.com/pod-product-compliance
Lightning Source LLC
LaVergne TN
LVHW041547070526
838199LV00046B/1857